DIALOGUES

DU

PÈRE BONSENS.

Paris. — Typographie de Firmin Didot frères, rue Jacob, 56.

DIALOGUES

DU

PÈRE BONSENS,

PAR

UN MAGISTRAT.

PARIS,
JACQUES LECOFFRE ET Cie, LIBRAIRES,
RUE DU VIEUX-COLOMBIER, 29,
Ci-devant rue du Pot de Fer Saint-Sulpice, 8.

1850.

DIALOGUES

DU

PÈRE BONSENS.

PREMIÈRE PARTIE.

PREMIER DIALOGUE.

PIERRE, LE PÈRE BONSENS.

PIERRE.

Bonjour, père Bonsens ! Eh ben ! m'en voulez-vous toujours de n'avoir pas voté avec vous pour ce représentant que nous avons eu à renommer ?

LE PÈRE BONSENS.

Tu étais bien libre, mon ami; mais je crois que tu n'étais pas bien avisé.

PIERRE.

Ah! si vous aviez entendu, comme moi, le citoyen Pernelle au banquet patriotique, quand il nous a montré tout le bien qui nous reviendrait de nommer M. Dorval, l'ami du peuple, vous ne diriez pas cela, et vous seriez chagrin de ce que nous n'avons pas pu le faire passer.

LE PÈRE BONSENS.

On nous a fait connaître ce citoyen Pernelle; en deux ans, il a dévoré, à Paris, l'héritage de sa famille: il roulait carrosse alors, et se faisait appeler le chevalier de Pernelle; aujourd'hui qu'il a mangé son bien, il voudrait partager avec nous, cela se comprend.

PIERRE.

Eh ben! non, père Bonsens. Vous v'là

comme les autres qui les appellent *partageux*. Y veulent pas partager le bien des paysans ; y n'en veulent qu'aux bourgeois et aux riches, et moi, je les aime pas les bourgeois et les riches.

LE PÈRE BONSENS.

Mon pauvre Pierre, ton cousin germain est à présent un bourgeois. Vous êtes les enfants de deux frères qui ne se ressemblaient guère : son père, laborieux et économe, lui a laissé de quoi acheter une charge de notaire, et tu sais combien il est estimé dans la ville où il est établi ; ton malheureux père, vrai pilier de cabaret, t'a laissé sans pain ; ton cousin t'a soutenu, tu travailles, et tu es en train de devenir un de ces riches contre lesquels tu cries.

PIERRE.

Ah ! ouiche ! un joli riche ! j'ai cinq arpents de bonne terre, c'est vrai; mais les riches en ont des milliers, eux.

LE PÈRE BONSENS.

C'est de la jalousie cela, Pierre, et puis, sois sûr qu'il n'y a pas beaucoup de riches qui aient des milliers d'arpents.

PIERRE.

Vous en parlez bien à votre aise, père Bonsens; vous en avez plus de trois cents, vous.

LE PÈRE BONSENS.

A ton âge, mon enfant, j'en avais moins que toi; j'ai été quarante-cinq ans le fermier du domaine dont je suis le propriétaire. Tu achètes tous les ans, tu te marieras avec la fille de quelque gros laboureur; ta pelote grossira, et, avant dix ans, si des émeutes perpétuelles ne tuent pas le commerce, avec l'activité que je te connais tu seras un de nos riches propriétaires.

PIERRE.

Oui, mais ce que j'aurai, je l'aurai gagné moi-même; je ne serai pas comme ces fainéants qui n'ont pris que la peine de naître.

LE PÈRE BONSENS.

Est-ce que tes enfants ne seront pas dans cette position-là?

PIERRE.

Mais mes enfants seront des paysans; je ne serai jamais assez riche pour en faire autre chose, j'ai pas de bonheur; et puisque je vous dis que l'on ne prendrait rien aux paysans, qu'au contraire, on leur en donnerait en prenant aux riches, pour l'égalité.

LE PÈRE BONSENS.

Tu veux donc qu'on me dépouille?

PIERRE.

Oh que non! père Bonsens, on ne prendra qu'aux trop riches.

LE PÈRE BONSENS.

Cependant, pour l'égalité, il faudrait bien me prendre, et il faudrait te prendre aussi, car tu as plus que ta part.

PIERRE.

Pas possible! père Bonsens.

LE PÈRE BONSENS.

L'instituteur de notre chef-lieu de canton, brave homme, comme il faudrait que fussent tous les instituteurs, le nôtre surtout, faisait l'autre jour la division du nombre de nos hectares pouvant donner un produit par trente-six millions de Français, et il ne revenait pour chacun, tant en terres qu'en prés, en bois et en vignes, que 10 ares de bon terrain, 40 de médiocre et 40 de pauvre qualité. Je lui ai demandé combien cela faisait d'arpents? Pas deux pour chacun, m'a-t-il répondu; et toi, tu en as cinq, et de bonnes terres encore.

PIERRE.

Je n'y comprends plus rien; mais voilà le citoyen Pernelle qui vient ici avec Mathieu; père Bonsens, écoutez-le un peu, c'est un homme à bien vous débrouiller tout cela.

LE PÈRE BONSENS.

Je me soucie peu de la conversation de M. Pernelle.

PIERRE.

Il vient à nous, écoutez-le un moment.

SECOND DIALOGUE.

—

PERNELLE, MATHIÉU, PIERRE, LE PÈRE BONSENS.

PERNELLE, *s'adressant au père Bonsens.*

Pourrais-je vous demander, Monsieur, à qui appartient ce château que je vois dans la vallée?

LE PÈRE BONSENS.

C'est à M. Deslandes, qui, heureusement pour le pays, l'habite presque toute l'année avec sa famille ; c'est la Providence des pauvres dans notre commune.

PERNELLE.

Il est donc bien riche?

LE PÈRE BONSENS.

Mais, tant en biens-fonds qu'en créances, on lui croit 40,000 francs de rentes.

PERNELLE.

Bon Dieu! 40,000 francs de rentes à une seule famille, quand tant d'autres manquent du nécessaire! Et combien paye-t-il d'impôts?

LE PÈRE BONSENS.

On dit qu'il paye 5,000 fr. d'impôt foncier, puis il a toutes ses contributions indirectes.

PERNELLE.

Et à combien s'élève l'impôt foncier de la commune?

LE PÈRE BONSENS.

A 55,000 fr., je crois.

PERNELLE.

Oh! mes amis, 50,000 fr. prélevés tous

les ans sur les sueurs du peuple, et 5,000 fr. seulement sur ce privilégié de la fortune, à qui il reste dix fois plus que ce qui suffirait largement à ses besoins! Si vous nous eussiez secondés, qu'un pareil état de choses eût promptement changé!

PIERRE.

Voyez-vous, père Bonsens, c'est parler cela.

LE PÈRE BONSENS.

Vous venez nous dire ici, Monsieur, des choses bien vilaines et bien déraisonnables, de ces choses qui trompent les bons habitants des campagnes et les entraîneraient à faire eux-mêmes leur malheur. M. Deslandes a le septième des biens de la commune, il paye le septième des impôts; nous avons les six autres septièmes, nous payons pour six septièmes; cela est juste : répartie sur tous, cette charge est légère; tombant sur un seul, elle l'écraserait. Notre constitution est plus sage que vous, elle a voulu que chacun payât au prorata de ses biens.

PERNELLE.

Mais, si nous avions l'impôt progressif, croyez-vous que votre M. Deslandes serait bien malheureux en payant la moitié de son revenu et en conservant ainsi 20,000 fr.?

LE PÈRE BONSENS.

Oui, Monsieur, il serait malheureux, car, avec ses 40,000 fr., il y a des années calamiteuses où il n'en conserve pas 20. D'autres aussi seraient malheureux, car, de tous côtés, et ici surtout, il fait vivre une foule d'ouvriers. Ses 40,000 fr. sauf une petite réserve, et encore est-elle placée dans le commerce pour circuler; ses 40,000 fr., il les distribue tous les ans.

MATHIEU.

Ah ! père Bonsens, je n'en ai jamais eu grosse part.

LE PÈRE BONSENS.

Tu as eu la part qui revenait à ton travail ; mais, mon pauvre Mathieu, tu prends un mauvais pli, tu seras bientôt de ces travailleurs qui ne travaillent pas et qui veulent ne manquer jamais d'argent.

MATHIEU.

Non, je ne veux que ma place au soleil, et je ne vois pas pourquoi d'autres l'auraient meilleure que moi. J'aurai beau travailler, je n'aurai jamais 40,000 fr. de rentes, moi.

LE PÈRE BONSENS.

Ni toi, ni bien d'autres ; quoique l'on ait vu des gens commençant avec rien en avoir bien plus ; mais, de quoi te plains-tu ? Je disais tout à l'heure à Pierre qu'avec l'égalité, comme l'entendent certains rouges, nous n'aurions pas chacun deux arpents de terre. Ceux qui portent les choses au plus haut, pensent qu'il y a trois milliards d'argent en France, cela ferait pour chacun un capital de 85 fr.; tu vois que, tout réuni, chaque Français aurait bien de la peine à se faire un revenu de 50 cent.; et toi, Mathieu, quand tu travaillais de ton état de menuisier, je t'ai entendu dire que tu gagnais 2 fr., 2 fr. 50 cent., et même 3 fr. par jour. Ne mettons que 2 fr., en 300 jours, et je n'en compte que 300 parce que si tu ne faisais pas le dimanche tu faisais le lundi, tu avais 600 fr. Ton père, outre cela, t'avait laissé une maison, un verger et un bon champ; si tu avais su les conserver, tu serais le plus heureux du village.

MATHIEU.

Si j'ai vendu mon bien, cela ne regarde

que moi; mais, père Bonsens, quand vous dites que nous n'aurions chacun que 50 fr. par an si l'on arrangeait les choses à mon idée, ça ne peut pas être vrai; il n'y a pas de mendiant en France qui ne consomme plus de 50 fr. par an en vivres et en vêtements, et faut bien qu'il y ait plus de 50 fr. pour chacun, puisque chacun dépense davantage.

LE PÈRE BONSENS.

Mon enfant, c'est le roulement qui fait que l'on trouve pour chacun au moins dix fois plus que ce qu'il aurait sans cela, et les gens que tu écoutes empêchent le roulement; c'est ce qui cause tant de misère aujourd'hui.

MATHIEU.

Mais, j'en suis toujours là-dessus, pourquoi faut-il que je travaille? M. Deslandes ne travaille pas, lui.

LE PÈRE BONSENS.

D'abord, qui te dit que M. Deslandes ne travaille pas? Je sais, moi, que, sans que rien l'y oblige, il travaille plus que toi. Il a défriché de ses mains, avec bien peu d'aide, trois arpents de rocailles qui n'avaient jamais rien produit depuis la création du monde et qui donnent du beau blé aujourd'hui; cela fait du pain pour trois personnes de plus en France; et puis, s'il ne travaille pas, c'est que ses pères lui ont amassé du bien; fais-en autant pour tes enfants. M. Deslandes ne se cache pas de son origine, il n'est pas de ces vieilles familles qui depuis mille ans sont en haut, et il n'y en a plus guère de celles-là; son arrière-grand-père, modeste tonnelier, devint ensuite marchand de vin, il a travaillé, celui-là! son grand-père était conseiller au bailliage, il a aussi travaillé celui-là! son père a été général de brigade, et s'est battu comme un lion contre les ennemis de son pays, enfin lui-même a été soldat.

MATHIEU.

Oh! soldat! vous voulez dire officier tout de suite; c'est nous qui sommes de la pauvre chair à canon.

LE PÈRE BONSENS.

Il a été officier en sortant de Saint-Cyr, où il est entré après des examens. Tout le monde a le droit d'en faire autant; le fils de Magne, le bourrelier, a été reçu comme lui, il est aujourd'hui officier; et le fils de l'ancien comte de Solas, à trois lieues d'ici, n'a pas été reçu et s'est engagé comme simple soldat.

MATHIEU.

Parce que c'était son goût; mais les pauvres diables qui ne peuvent pas se faire remplacer, faut qu'ils soient soldats malgré eux; c'est-y juste, ça?

LE PÈRE BONSENS.

Personne n'est exempt du tirage; mais

tu tombes mal quand tu dis que les riches seuls peuvent se faire remplacer, s'ils ne veulent pas avoir l'honneur d'être soldat, et c'en est un véritable; mon garçon de labour, qui n'a rien, a mis à l'assurance pour ses gages et s'est fait remplacer.

PERNELLE.

Père Bonsens, vous paraissez bien mériter le nom que l'on vous donne dans le pays; vous voulez que ce soit le travail qui mène à la fortune, et, au fond, vous avez peut-être raison; vous venez de répondre à Mathieu qu'outre son état, il avait possédé une maison et un champ; mais nous avons en France une foule de prolétaires qui n'ont jamais eu que leurs dix doigts; s'ils ne trouvent pas de travail, il ne faut pourtant pas qu'ils meurent de faim, ou même, si leur travail ne leur suffisait pas, il faudrait bien encore régler cela; et puis, il faut des institutions pour les infirmes, les pauvres orphelins, les vieillards qui ne peuvent plus travailler, voilà tout ce que nous voulons.

LE PÈRE BONSENS.

Mais, si c'est là tout ce que vous voulez, vous l'avez depuis longtemps : les secours n'ont jamais manqué en France aux vieillards, aux infirmes et aux orphelins ; quant à ceux qui peuvent et qui veulent travailler, il y aura toujours de quoi les occuper, et le travail de tout homme laborieux et économe le nourrit.

PERNELLE.

Non, une grande institution nous manque encore pour que tous les Français aient une existence assurée : c'est le *droit au travail;* on a eu tort de ne pas le proclamer dans la constitution ; avec la majorité qui nous arrive, nous l'aurons bientôt.

LE PÈRE BONSENS.

Ah! je vous vois venir; mais, Monsieur, votre *droit au travail*, c'est pour tous les paresseux le droit de *ne rien faire;* essayez-en encore, et il vous faudra des *ateliers nationaux*, et puis des 45 centimes pour les payer, et ça tombera sur les pauvres cultivateurs.

PERNELLE.

Non, non, on les prendrait sur les riches; notre admirable Ledru-Rollin vous l'a bien dit.

LE PÈRE BONSENS.

Cela ne ferait pas grand'chose, rien que sur les riches, car il n'y en a pas tant que vous croyez.

PERNELLE.

Aussi ce n'était pas 45 centimes que Ledru-Rollin voulait prendre sur eux, c'était 150 centimes par franc.

LE PÈRE BONSENS.

Bon! il aurait eu bientôt fait de les ruiner; et puis, après?

PERNELLE.

Après, on aurait vu ce qu'il y avait à faire, mais on n'aurait pas foulé le peuple.

LE PÈRE BONSENS.

Tenez, Monsieur, vous ne voyez pas bien clair dans tout cela; les vrais riches, aujourd'hui, c'est la masse des petits cultivateurs qui, avec les ouvriers honnêtes, forment le bon et vrai peuple, puisque vous ne mettez pas les bourgeois dans le peuple. Si votre droit au travail revenait, ce ne seraient pas seulement les bourgeois qu'il faudrait pressurer, ce serait la campagne; on nous tirerait notre dernier écu pour nourrir un tas de vagabonds, et il y aurait ensuite tant de gêne en France que les bons et vrais ouvriers ne pourraient plus trouver d'ouvrage.

PERNELLE.

Il faut pourtant que la fraternité ne soit pas un vain mot. On dit que vous êtes pieux, père Bonsens, et je vous en loue; moi aussi je suis pieux, et, ce que je veux, c'est rétablir la doctrine de Christ.

LE PÈRE BONSENS.

Christ! vous êtes donc bien camarade avec lui, puisque vous en parlez si sans façon; mais, mon cher Monsieur, je vous préviens que vous prenez tout à rebours la doctrine de Notre-Seigneur Jésus-Christ.

PERNELLE.

Mais vous savez bien que les premiers chrétiens mettaient tout en commun et qu'Ananias et Saphire ont été frappés de mort aux pieds des apôtres pour n'avoir pas donné tout ce qu'ils possédaient.

LE PÈRE BONSENS.

Nenni, Monsieur, nenni. Ils ont été punis pour avoir menti. Rien ne les obligeait à donner leur fortune tout entière, mais ils ne devaient pas chercher à faire croire qu'ils la donnaient quand il n'en était rien; et puis, si les premiers chrétiens mettaient tout en commun lorsqu'ils ne faisaient qu'une petite famille, cela se pouvait; mais quand ils ont été plus nombreux, saint Paul recevait les aumônes des fidèles pour les pauvres, les veuves et les orphelins. C'est de la charité cela, ce n'est pas du communisme.

PERNELLE.

Vous êtes bien loin de la perfection chrétienne.

LE PÈRE BONSENS.

Monsieur, je vois dans l'Évangile d'effrayantes malédictions contre les mauvais riches, et de bien douces bénédictions pour les pauvres résignés; mais l'Évangile, qui vient de Dieu, ne change rien à la loi par laquelle Dieu nous a, non-seulement défendu de prendre le bien d'autrui, mais même de le désirer.

PERNELLE.

Il est facile de parler ainsi quand on ne manque de rien.

LE PÈRE BONSENS.

J'ai commencé avec rien, Monsieur, et je n'enviais pas alors les richesses d'autrui. Si la Providence me retirait ce qu'elle m'a donné, si le père Bonsens n'avait plus qu'une besace pour demander la charité du bon Dieu, le père Bonsens vous parlerait encore comme il vous parle aujourd'hui.

MATHIEU.

Malgré tous vos beaux discours, faut pourtant que ça finisse, père Bonsens; ça ne peut pas rester comme ça est, et ça ne restera pas, c'est moi qui vous le dis. La première fois que l'on fera des élections générales, je serai sur la liste; on me nommera représentant, nos amis me l'ont bien promis, et vous verrez.

LE PÈRE BONSENS.

Toi, Mathieu, représentant! tu changeras donc bien? ou si nous te nommons sans que tu aies changé, nous aurons perdu la tête.

MATHIEU.

Oui, ça vous étonne, un menuisier représentant! faut pourtant que les aristocrates s'habituent à cela. Il y a déjà des ouvriers à la Chambre, seulement il n'y en a pas assez. La France ne sera heureuse et tranquille que quand tous les ouvriers seront représentants avec 25 francs par jour.

LE PÈRE BONSENS.

Alors nous ne serons jamais tranquilles, car il n'y a que 750 représentants à nommer, et il y a plus de 750 ouvriers en France.

MATHIEU.

Vous croyez donc que l'on ne doit pas nommer des ouvriers?

LE PÈRE BONSENS.

Qui te dit cela?

MATHIEU.

Vous ne le dites pas, mais vous le pensez. Faudra pourtant vous y faire. Oui, nous serons représentants, et vive la République démocratique et sociale! à bas les bourgeois! à bas les aristocrates! et vive la Montagne!

LE PÈRE BONSENS.

Douce fraternité!

PERNELLE.

Mathieu! mon ami, calmez-vous.

MATHIEU.

Oh! voyez-vous, je ne crains rien, nous avons la liberté! A bas les aristocrates! à bas les riches! vivent les montagnards!

LE PÈRE BONSENS.

Mais, la liberté veut qu'on ne mette personne à bas.

PERNELLE, *entraînant Mathieu.*

Mathieu, retirons-nous. (*A part.*) Le malheureux oublie la consigne qui nous ordonne d'être sages en ce moment.

TROISIÈME DIALOGUE.

PIERRE, LE PÈRE BONSENS.

PIERRE.

Diable! père Bonsens, je consens bien à nommer pour représentants des hommes comme M. Dorval, qui veulent le bonheur du peuple; mais je ne nommerai jamais M. Mathieu, car il ne veut que l'argent du peuple, lui.

LE PÈRE BONSENS.

Eh bien, Pierre, en nommant les Dorval, tu nommes ceux qui feront venir les Mathieu.

PIERRE.

Comment donc cela?

LE PÈRE BONSENS.

Le voici; j'espère que tu comprendras: les Dorval ne sont guère nommés que par les Mathieu; ils ont pour eux bien peu de braves gens comme toi, qu'ils viennent à bout d'égarer; quand ils seront là-bas, à Paris, ils voudraient bien s'y tenir tranquilles et jouir de leur position, mais il faudra qu'ils tiennent un peu parole aux Mathieu: ils feront des lois qui rendront les Mathieu les maîtres, et les Mathieu les mettront à la porte, s'ils ne leur font pas pis.

PIERRE.

Et nous, que deviendrons-nous?

LE PÈRE BONSENS.

Ah! nous serions bien malheureux; mais enfin ils n'en sont pas encore où ils pensent. Ce sont les campagnes qui font la majorité des représentants, et j'espère qu'ils ne parviendront pas à égarer la masse des habitants des campagnes.

PIERRE.

Qu'est-ce que c'est donc que ces montagnards dont ils parlent tant?

LE PÈRE BONSENS.

Mon ami, d'atroces scélérats, lors de notre première révolution, ont couvert la France de ruines et l'ont inondée de sang; ils s'étaient placés dans la partie la plus élevée de l'assemblée, et on les a appelés montagnards.

PIERRE.

On a bien tort de reprendre ce vilain nom-là; mais ils ne sont pas comme les anciens, eux : ils ont voulu abolir la peine de mort; ça, par exemple, père Bonsens, c'est bien vrai.

LE PÈRE BONSENS.

Oui, c'est vrai; mais Robespierre, qui

était le chef des montagnards, avait aussi demandé l'abolition de la peine de mort; et lui, qui voulait épargner les incendiaires, les empoisonneurs, les assassins, et même les parricides, il a fait périr tant de braves gens sur l'échafaud que je ne saurais t'en dire le nombre.

PIERRE.

Oh! le monstre; mais pourquoi tant de gens crient-ils aujourd'hui : Vive Robespierre !

LE PÈRE BONSENS.

Que veux-tu que je te dise, c'est qu'ils sont fous ou enragés.

PIERRE.

Et puis, ce Mathieu qui voudrait être représentant, il n'a pas pu gouverner son ménage; car il a mangé tout son bien, et il voudrait nous gouverner.

LE PÈRE BONSENS.

Mon ami, ce ne sont pas les bons et vrais ouvriers qui intriguent ainsi et troublent le pays; à ceux-là il ne faut, comme à nous, que l'ordre qui fait tout prospérer; ce sont ces malheureux ouvriers comme Mathieu, que des flatteurs ont enivrés dans les clubs, à qui tout travail est pesant aujourd'hui, dont l'orgueil et la cupidité ont été surexcités, et qui, pour arriver à la fortune, veulent, au prix du bonheur de la France entière, des bouleversements qui leur permettent de se ruer sur les positions les plus élevées.

PIERRE.

Il veut que l'on nomme des ouvriers! Encore si l'on nommait des cultivateurs, cela se comprendrait.

LE PÈRE BONSENS.

Cela serait moins fâcheux; mais, pour eux et pour le pays, les laboureurs feront mieux de rester à leur place. Tiens, Pierre, vois ce bel arbre à l'entrée de notre village, il a des racines sans lesquelles il périrait, et il étale un magnifique feuillage; figure-toi un fou qui viendrait nous dire : Mes enfants, pourquoi souffrez-vous que les racines, qui sont la partie la plus essentielle de ce bel arbre, restent humblement cachées sous la terre, tandis que les feuilles brillent si orgueilleusement au soleil? il faut changer cela. Crois-tu que nous serions bien sages de l'écouter et d'enfouir la cime de notre arbre pour élever ses racines?

PIERRE.

Cela ne serait pas beau.

LE PÈRE BONSENS.

Et les racines mourraient bientôt comme le reste de l'arbre.

PIERRE.

C'est pourtant vrai; mais je dirai toujours :

Pourquoi que j'ai la chance d'être racine, moi? et pourquoi que les bourgeois ont la chance d'être feuilles?

LE PÈRE BONSENS.

Mais, mon ami, un bon paysan est aussi heureux qu'un bourgeois.

PIERRE.

Oh! père Bonsens, nous n'avons pas les bons dîners qu'ils ont.

LE PÈRE BONSENS.

J'ai des bourgeois dans ma famille, notamment mon petit-fils l'avocat, qui est reçu chez les premiers de notre chef-lieu d'arrondissement et qui les reçoit; il n'a pas le tort de me mépriser, grâce à Dieu, et je me suis trouvé souvent chez lui à de grands dîners de bourgeois; eh bien! mon ami, je te certifie que nos choux au lard, assaisonnés par l'appétit, m'ont toujours fait plus de plaisir que les mets si fins que tu convoites.

PIERRE.

Oui ; mais, et leurs fêtes, et leurs bals !

LE PÈRE BONSENS.

Nos danses sous l'orme, le jour de la fête patronale, sont beaucoup plus gaies.

PIERRE.

Vous direz tout ce que vous voudrez, mais ce sont des bourgeois, et je ne suis qu'un paysan.

LE PÈRE BONSENS.

Va, mon ami, tu n'en es pas plus à plaindre. L'homme de bien est toujours heureux quand il sait se contenter du rang que la Providence lui a assigné. Tu te tromperais beaucoup, si tu croyais que les honneurs ou la fortune peuvent seuls donner la félicité. Le bon Dieu a bien mieux arrangé les cho ses, et il a placé le vrai bon sens partout où se trouve la vertu.

PIERRE.

Père Bonsens, je n'oublierai jamais la leçon que je reçois aujourd'hui.

SECONDE PARTIE.

PREMIER DIALOGUE.

L'INSTITUTEUR, LE PÈRE BONSENS.

L'INSTITUTEUR.

Père Bonsens! vous qui êtes si bon, sauvez-moi, sauvez ma pauvre femme et mon pauvre enfant qui vont manquer de pain! Je suis dénoncé au préfet, on veut me faire perdre ma place; c'est horrible! vous ne voudrez pas cela, vous! Mon Dieu! comment peut-il y avoir des hommes qui fassent le métier de dénonciateurs? et des hommes qui prêchent la charité encore, car je suis bien sûr que c'est M. le curé qui m'a dénoncé!

LE PÈRE BONSENS.

Mon cher monsieur l'instituteur, vous trouvez donc cela bien horrible, une dénonciation? Vous avez raison. Si vous n'étiez pas dans le malheur, je vous rappelerais que vous avez dénoncé notre percepteur, qui est un bien brave homme; ne parlons plus de cela. Vous croyez que c'est M. le curé qui vous a dénoncé; eh bien, M. le curé sort d'ici, il m'a appris le danger qui vous menace, il est effrayé et navré des suites qu'il peut avoir; voici la lettre qu'il écrit pour vous à mon petit-fils l'avocat et qu'il m'a prié de lui faire passer de suite, lisez

L'INSTITUTEUR.

« Monsieur,

« Vous connaissez notre instituteur, vous « savez qu'au fond ce n'est pas un méchant « homme; les discours tenus dans les clubs « et dans les banquets prétendus patrio-

« tiques l'ont entraîné dans une mauvaise « voie, mais on peut le ramener. Si je n'en « avais pas l'intime conviction, je ne vou« drais pas me rendre complice du mal qu'il « pourrait faire ; ayez donc la bonté de vous « constituer son défenseur auprès de M. le « préfet..... »

Oh ! père Bonsens, envoyez bien vite cette lettre à M. l'avocat ; il n'y a pas un moment à perdre. Comme je me trompais sur M. le curé ! comme je vais le remercier !

LE PÈRE BONSENS.

J'attends mon petit-fils aujourd'hui même, et demain matin il retourne à la ville ; soyez sûr que tout ce qui se pourra faire pour vous, il le fera.

L'INSTITUTEUR.

Je lui devrai la vie. Mais qui donc peut m'avoir dénoncé

LE PÈRE BONSENS.

Mon pauvre monsieur, ce sont vos actions, elles ont été assez publiques.

L'INSTITUTEUR.

Pourtant nous sommes en république, et on ne devrait pas me faire un crime d'avoir agi en républicain.

LE PÈRE BONSENS.

Personne ne vous fait un crime d'être républicain ; ce dont on vous fait un crime, c'est de vous être réuni aux plus mauvais sujets du pays, à des gens qui veulent tout bouleverser et qui, s'ils étaient les maîtres, mettraient la France à feu et à sang.

L'INSTITUTEUR.

Hélas ! je ne le croyais pas, je croyais agir pour le bien de mon pays ; et puis, s'il faut vous faire ma confession tout entière, les promesses que l'on m'avait faites m'avaient ébloui; j'étais las de mon obscurité.

LE PÈRE BONSENS.

Si chacun de nous se lasse de son obscurité, nous serons en révolution permanente.

L'INSTITUTEUR.

Oh ! je suis bien corrigé, et je vois bien à présent que, puisque je suis né humble, il faut que je reste humble.

LE PÈRE BONSENS.

Autre excès et autre erreur, monsieur l'instituteur ; même sous la monarchie, on a vu des hommes nés dans la poudre des champs arriver par leur mérite et leur vertu aux plus hautes dignités; certes, cela se verra aussi sous la république, et ce sera un grand bien et une grande justice, pourvu que ceux qui arriveront viennent naturellement parce qu'on ira les chercher, ou que, du moins, ils ne se poussent pas par de mauvais moyens; pourvu aussi qu'ils ne se fassent pas les juges de leur propre mérite, car il est peu de personnes qui ne se croient pas dignes de tout; c'est là notre grand mal aujourd'hui.

L'INSTITUTEUR.

Oui, vous avez raison, mais ce qui dépite quelquefois c'est que, sans avoir trop d'orgueil, on sent que l'on vaut mieux, sous tous les rapports, que bien des gens que l'on voit en place.

LE PÈRE BONSENS.

On croit que l'on vaut mieux, et, le plus souvent, il n'en est rien du tout. Au surplus, comme rien n'est parfait sur la terre, il est certain que l'on a toujours vu et que l'on verra toujours quelques intrigants réussir; mais n'ambitionnez pas leur sort, presque tous font une mauvaise fin.

L'INSTITUTEUR.

Père Bonsens, je vois notre docteur qui vient chez vous; il va, sans doute, vous parler pour moi : j'ai peur qu'il ne gâte mon affaire, au lieu de l'arranger; ne l'écoutez pas, soyez sûr que je ne veux plus marcher avec lui, et, pour l'éviter, je vais sortir par votre jardin.

LE PÈRE BONSENS.

Notre docteur devrait bien se mêler seulement de soigner ses malades et ne plus faire de politique; il y gagnerait, et nous aussi. Que vient-il me conter?

SECOND DIALOGUE.

LE PÈRE BONSENS, LE DOCTEUR.

LE DOCTEUR.

Eh bien ! père Bonsens, voilà la réaction qui marche la tête levée ; rien ne l'arrêtera, puisqu'elle ne s'arrête pas devant nos admirables élections de Paris, et qu'elle s'en venge par une loi qui attaque le suffrage universel et viole la Constitution.

LE PÈRE BONSENS.

Docteur, on n'attaque pas le suffrage universel et on ne viole pas la Constitution, qui avait laissé à des lois à faire le soin de le régler. Une première loi mettait des conditions : on ne pouvait voter que dans le lieu où l'on avait résidé depuis six mois ; de bon compte ce n'était pas assez ; la loi nouvelle veut trois ans de domicile bien vrai ; elle a raison ; j'en juge par ce qui s'est passé chez nous lors des avant-dernières élections : nous étions cent dix-huit électeurs vraiment domiciliés dans la commune ; il y en avait plus de quatre-vingts qui ne voulaient pour représentants que des hommes d'ordre ; mais nous avions sur notre liste soixante-seize ouvriers de la fabrique de M. Pérot, auxquels nos enragés ou égarés ont fait croire qu'ils seraient tous fabricants s'ils votaient avec eux, et, dans notre commune, la majorité a passé à des hommes de désordre ou dont les systèmes doivent amener le désordre. De bonne foi, était-ce là l'expression de l'opinion de notre commune ? Dernièrement, ils n'étaient plus que vingt-deux ouvriers dans la fabrique, et nous avons apporté une majorité de trente voix à un brave homme

LE DOCTEUR.

Pauvres cultivateurs ! vous ne voyez pas où l'on vous mène ; on veut vous rendre les dîmes et les droits féodaux.

LE PÈRE BONSENS.

Monsieur le docteur, voilà de vos grands mots avec lesquels vous croyez faire de nous tout ce que vous voulez ; mais les dîmes et les droits féodaux, voyez-vous, tout cela est bien mort et enterré : personne ne songe à les ressusciter, et personne ne le pourrait.

LE DOCTEUR.

Cependant on parle de destituer notre instituteur, uniquement parce que c'est un ennemi des dîmes et des droits féodaux.

LE PÈRE BONSENS.

Pas du tout ; le pauvre garçon est compromis pour s'être trop mêlé des élections.

LE DOCTEUR.

Vous croyez donc que, parce qu'on est instituteur, on doit perdre ses droits de citoyen et n'être que le très-humble serviteur du maire et du curé?

LE PÈRE BONSENS.

Non vraiment; mais je crois que celui qui doit donner à nos enfants une éducation morale et religieuse ne doit pas être le très-humble serviteur des hommes comme M. Dorval, et qu'il ne doit pas employer à les prôner, par de fort vilains prônes, un temps qu'il doit consacrer à ses études.

LE DOCTEUR.

Vous ne connaissez guère M. Dorval, si vous lui supposez de mauvaises intentions. Tout ce qu'il voulait, c'était l'établissement de la République démocratique et sociale.

LE PÈRE BONSENS.

Jamais personne n'a pu m'expliquer clairement ce que c'était que la République démocratique et sociale.

LE DOCTEUR.

Rien de plus simple, c'est la vraie fraternité.

LE PÈRE BONSENS.

Vos républicains démocratiques et sociaux ont une singulière manière de l'établir : ils plantent des barricades et tirent des coups de fusil à ceux qui veulent rétablir l'ordre ; ils assassinent même ceux qui cherchent à les ramener à la paix, comme le général Bréa et l'archevêque de Paris.

LE DOCTEUR.

Malheureusement, nous avons eu des frères que le désespoir a un peu égarés ; mais les chefs de la République démocratique et sociale ne veulent pas de coups de fusil ; c'est par le suffrage universel qu'ils arriveront à cette vraie fraternité, objet des vœux de tous les amis de l'humanité.

LE PÈRE BONSENS.

La vraie fraternité, je la trouve dans l'Église; mais celle que vous cherchez, où la trouverez-vous?

LE DOCTEUR

Dans des institutions qui feront que tous les hommes seront aussi heureux les uns que les autres.

LE PÈRE BONSENS.

Oh! monsieur le docteur, voilà une chose que je voudrais autant que vous, si elle était possible sur la terre; mais tout ce que vous pourrez faire avec vos idées, c'est que tous les hommes deviennent aussi malheureux les uns que les autres. Je lis ce que dans nos journaux on nous cite des vôtres; il y a de quoi frémir, en voyant l'union qui règne entre vos chefs pour tout détruire et leur désunion sur les moyens de rebâtir ; il n'est pas de pays, si florissant qu'il soit, qui pût résister un an aux déchirements dont ils seraient la cause.

LE DOCTEUR.

Il faut pourtant en venir à faire le bonheur du peuple, et c'est tout ce qu'ambitionnait M. Dorval, notre candidat.

LE PÈRE BONSENS.

Ce qu'ambitionnait M. Dorval, c'était les 25 fr. par jour que l'on donne à chaque député.

LE DOCTEUR.

Père Bonsens, pouvez-vous parler ainsi d'un homme comme M. Dorval?

LE PÈRE BONSENS.

C'est vrai, j'ai tort ; il y a quelque chose qu'il désirait peut-être plus encore que les 25 fr. : c'était d'habiter Paris pour être débarrassé de tous ceux avec qui le désir d'arriver l'avait forcé de se lier ici, et qui lui sont cruellement à charge aujourd'hui.

LE DOCTEUR.

Quelle calomnie !

LE PÈRE BONSENS.

Vous croyez que c'est une calomnie ; eh bien, je puis vous affirmer que mon fils a vu dans les mains d'un de ses amis une lettre qui lui était adressée par M. Dorval, et dans laquelle il le priait de soutenir sa candidature, lui affirmant qu'on le calomniait quand on le mettait au rang des rouges, et le suppliant à mains jointes de le tirer de l'enfer où il s'était enfoncé en se mettant à la tête des démagogues qu'il voulait discipliner, disait-il, mais qui étaient indisciplinables.

LE DOCTEUR.

Cela n'est pas possible.

LE PÈRE BONSENS.

Au surplus, il était à deux de jeu avec ses amis, qui ne sont pas plus sincères avec lui qu'il ne l'est avec eux.

LE DOCTEUR.

Oh !

LE PÈRE BONSENS.

Soyez-en sûr. Un brave homme, sans le vouloir, a entendu la conversation de votre Pernelle avec un de ses amis; cet ami lui reprochait de soutenir M. Dorval, car, lui disait-il, ce monsieur Dorval avec toutes ses belles phrases, c'est toujours un aristocrate, et nous sommes des niais de lui servir de piédestal. — Imbécile, lui répondait Pernelle, est-ce que tu ne vois pas que dans ce département nous ne pouvons pas avoir mieux? D'ailleurs, il nous faut encore des hommes comme Dorval pour donner un dernier croc-en-jambe à la vieille masure de la société, afin que le dessous devienne le dessus et que nous soyons tout à fait les maîtres ; mais, sois tranquille, quand il le faudra, le piédestal aura bientôt fait de renverser la statue.

LE DOCTEUR.

On vous a fait des contes ; Pernelle est la loyauté même.

LE PÈRE BONSENS.

Non, non, ce ne sont pas des contes, c'est bien la vérité, et voilà ce que sont tous vos amis quand ils se croient seuls et qu'ils ôtent leurs masques. Pauvre peuple! s'il lui était donné de connaître ceux qui l'égarent, ceux qui, lui faisant les promesses les plus fallacieuses et les moins réalisables, n'ont en vue que leurs intérêts, et qui ne croient pas un mot de tout ce qu'ils lui disent!

LE DOCTEUR.

Père Bonsens, vous allez un peu loin; nous ne disons au peuple que ce que nous croyons juste, vrai, possible, et utile à ses intérêts.

LE PÈRE BONSENS.

Quoi! vous croyez juste et utile tout ce que les émissaires de M. Dorval ont prêché ici dans les réunions électorales et dans les maisons de nos laboureurs?

LE DOCTEUR.

Oui.

LE PÈRE BONSENS.

Quand l'un d'eux disait à Granger, à Michaud et à Jean Grain de notre commune, dont les biens sont hypothéqués, qu'en votant pour M. Dorval, le peuple aurait des assignats tant qu'il en voudrait, et qu'il payerait ses dettes avec des chiffons, était-ce juste? était-ce utile?

LE DOCTEUR.

C'est un ivrogne imbécile qui tenait ce propos.

LE PÈRE BONSENS.

Soit; mais on ne le démentait pas; on profitait de l'erreur dans laquelle on entraînait ces malheureux. Et quand on nous disait que voter pour M. Dorval, c'était voter l'abolition de l'impôt des boissons, était-ce vrai? Croyait-on que M. Dorval aurait ce pouvoir?

LE DOCTEUR.

Lui tout seul, non; mais si, dans toute la France, on ne nommait que des hommes comme lui, cela serait bientôt fait; et vous conviendrez, père Bonsens, que ce serait un grand service à rendre au pauvre peuple, car c'est un rude impôt.

LE PÈRE BONSENS.

Monsieur le docteur, tous les impôts sont

rudes; mais si, comme je l'espère, nous devons être un jour affranchis de celui-là, ce ne sera pas par des hommes comme M. Dorval, qui ne l'ôteraient d'abord que pour le rétablir bientôt plus désastreux. Ce sera par des hommes tels que le représentant que nous avons choisi, qui veulent commencer par le modifier, et qui le feront disparaître entièrement quand la France, par l'ordre et la paix, pourra s'en passer.

LE DOCTEUR.

C'est toujours à bonne intention pour le peuple que M. Dorval attaque l'impôt sur les boissons.

LE PÈRE BONSENS.

A bonne intention, je n'en sais rien. Je ne suis pas savant, Monsieur le docteur, mais j'ai lu trois ou quatre fois notre histoire de France, et j'ai vu que tous ceux qui ont voulu changer le gouvernement ont toujours promis au peuple l'abolition des impôts qui le grevaient le plus ; puis, quand ils sont devenus les maîtres, ces mêmes impôts n'ont été abolis un instant que pour revenir plus lourds ; aussi je me suis souvent demandé comment, nous autres Français, qui ne sommes pas des bêtes, dit-on, nous nous étions toujours laissé prendre aux beaux discours de ces gaillards-là.

LE DOCTEUR.

Mais, si l'on ne peut se passer de ce que produit l'impôt sur les boissons, on pourrait au moins le remplacer par un autre qui ne tomberait que sur les riches en frappant le luxe.

LE PÈRE BONSENS.

Oh ! cela demande plus de réflexions que vous ne supposez. Ce n'est pas une idée nouvelle que vous avez là ; on a déjà essayé plusieurs fois de la mettre en pratique, et il s'est trouvé, d'abord, que ces impôts ne produisaient pas grand'chose, parce qu'ils frappaient sur peu de personnes; ensuite, ils faisaient plus de mal que de bien, parce qu'en tuant le luxe, ils tuaient l'industrie, et le peuple éprouvait plus de souffrances et de privations qu'auparavant. Il n'y a qu'un bon moyen de soulager le peuple; c'est d'arriver à la diminution des dépenses sans compromettre les services publics; lorsqu'on en sera là, on pourra diminuer les impôts, et même en supprimer plusieurs.

LE DOCTEUR.

Mais quand cela arrivera-t-il avec vous autres?

LE PÈRE BONSENS.

Je vous l'ai déjà dit, cela arrivera quand l'ordre sera bien affermi, qu'il se fera beaucoup d'affaires, que le gouvernement recevra beaucoup d'argent pour les ventes et les marchés; quand on pourra ainsi diminuer notre énorme dette publique, dont la France ne fera jamais banqueroute, parce qu'elle ne veut pas se condamner à la ruine et à la misère; enfin, quand, tranquilles chez nous, et par cela même respectés de nos voisins, nous pourrons réduire notre armée de moitié, peut-être de plus. Eh bien, c'est vous autres qui seuls retardez ce moment-là.

LE DOCTEUR.

M. Dorval indiquait cependant un bon moyen de faire, de suite, une fameuse diminution : il proposait de faire regorger aux émigrés le milliard que les Bourbons ont pris sur les sueurs du peuple pour les récompenser d'avoir porté les armes contre leur patrie. Savez-vous bien, père Bonsens, qu'un milliard ça donnerait, par an, cinquante millions dont on pourrait alléger les impôts de la campagne?

LE PÈRE BONSENS.

Vous vous trompez; j'ai entendu M. Dorval faire aux ouvriers la promesse qu'on leur distribuerait le milliard qu'il ferait, disait-il, regorger. Comme ils seraient plus d'un million qui prétendraient part à la distribution, cela ne ferait pas une grosse somme pour chacun; elle serait bientôt dépensée au cabaret ou ailleurs. Le pis, c'est que, chaque année, ils voudraient avoir une pareille rente, et où la prendrait-on? Vous figurez-vous le budget augmenté tous les ans d'un milliard, rien que pour cet article? Il y aurait impossibilité absolue; mais cela se pourrait, qu'il serait aussi injuste que dangereux de donner de l'argent sans qu'il fût gagné.

LE DOCTEUR.

La première idée de M. Dorval avait été, en effet, de distribuer le milliard aux ouvriers ; mais comme c'est un homme sage, il a bien vite compris qu'il serait mieux employé, pour la plus forte partie, en un dégrèvement de l'impôt foncier; le reste aurait été donné en secours aux ouvriers. Vous dites que les ouvriers n'ont pas gagné ce milliard, mais vos émigrés l'avaient-ils gagné ?

LE PÈRE BONSENS.

Docteur, si l'on vous avait pris votre bien, trouveriez-vous que l'on vous ferait un cadeau en vous donnant une petite indemnité ?

LE DOCTEUR.

Mais la République n'avait pas pris le bien des émigrés, il avait été justement confisqué.

LE PÈRE BONSENS.

Justement confisqué ! Est-ce que la confiscation, qui fait retomber sur des enfants ce que l'on reproche à leurs pères, n'est pas une abomination ? Est-ce que vous-même vous n'avez pas dit cela cent fois? Est-ce que nos lois n'ont pas aboli la confiscation ?

LE DOCTEUR.

Enfin, c'était une chose faite, et il ne fallait pas la faire payer au peuple.

LE PÈRE BONSENS.

Tenez, Docteur, ce milliard des émigrés est une des choses avec lesquelles vos amis trompent le peuple avec le plus d'impudence, car ils savent bien que ce n'est pas une restitution faite aux émigrés seuls, et ils savent bien aussi que ce n'est pas un milliard qui a été donné.

LE DOCTEUR.

C'est un peu fort ce que vous dites là.

LE PÈRE BONSENS.

D'abord, l'indemnité du prétendu milliard a été votée, non pas pour les émigrés, mais pour tous ceux dont les biens avaient été confisqués, soit par suite d'émigration, soit par suite de condamnation révolutionnaire. Comme à cette époque-là vous vous dévoriez les uns les autres, il y a eu des confiscations sur les hommes de tous les partis, et tous ont été appelés à l'indemnité; ensuite, le milliard que l'on a donné était en trois pour cent, et ne faisait dans la réalité que six cents millions; voilà déjà quatre cents millions de moins sur votre milliard; ôtez encore cent millions que l'on avait mis en réserve pour parer aux inégalités d'une première distribution, et qui n'ont jamais été donnés, et ce milliard que vous faites sonner si haut, le voilà réduit à moitié.

LE DOCTEUR.

Ce serait toujours bon et facile à reprendre.

LE PÈRE BONSENS.

Non, Docteur, cela ne serait ni bon ni facile, car une forte partie a été attribuée à des familles fixées à l'étranger, qui ont vendu de suite la rente qu'elles ont reçue et auxquelles vous n'avez aucun moyen de la reprendre; quant à celles qui sont en France, depuis vingt-cinq ans, plus de moitié des indemnisés ne possèdent plus l'indemnité, et beaucoup n'en pourraient répondre sur leurs propres biens; les autres peuvent avoir des créanciers dont on enlèverait les sûretés, ou ont constitué des dots sous la foi desquelles des unions ont été contractées; rien de plus monstrueux que les injustices qui résulteraient d'une pareille spoliation, et notre République d'aujourd'hui, qui ne veut pas marcher sur les traces de l'ancienne, n'en aura jamais la pensée.

LE DOCTEUR.

La République d'aujourd'hui devrait revenir sur toutes les mesures par lesquelles on a foulé le peuple.

LE PÈRE BONSENS.

Vous vous trompez encore, Docteur; on n'a pas foulé le peuple pour indemniser ceux dont les biens ont été confisqués; les trente millions de rente que l'on a créés ne l'ont été qu'à une époque où les finances de la France ont permis de le faire sans augmenter les impôts. Loin de nous faire du mal, jamais loi n'a fait plus de bien au peuple! tous les héritages venus de confiscation étaient dépréciés; leurs possesseurs n'étaient pas tranquilles, et après la loi d'indemnité, ces biens-là ont valu autant que les autres. Au surplus, j'aperçois mon fils l'avocat, il discutera tout cela mieux que moi ; il est docteur en droit, vous docteur en médecine : de docteur à docteur la partie sera égale.

LE DOCTEUR.

Je connais bien l'opinion de votre petit-fils, il connaît bien la mienne : une discussion entre nous n'aboutirait à rien ; ainsi, père Bonsens, je vous salue.

LE PÈRE BONSENS.

Il est singulier que ce docteur soit toujours prêt à discuter avec nous autres paysans, et qu'il refuse de le faire avec ceux qui pourraient en savoir autant que lui.

TROISIÈME DIALOGUE.

LE PÈRE BONSENS, DUMONT.

DUMONT.

Bonjour, mon vénérable grand-père ; j'ai le bonheur de pouvoir passer avec vous la soirée d'aujourd'hui et la matinée de demain. Ces moments-là sont les plus heureux de ma vie.

LE PÈRE BONSENS.

Et les plus heureux de la mienne, mon ami ; tu viens d'ailleurs aujourd'hui fort à propos pour faire une bonne action : notre instituteur est menacé ; il a eu de grands torts ; enfin, à tout péché miséricorde ; il faut que nous le tirions de là. Je crois que ce n'est pas un loup que nous laisserons dans la bergerie, mais une brebis égarée que nous ramènerons au bercail.

DUMONT.

Alors, soyez tranquilles; notre préfet penche plus vers la douceur que vers la sévérité, et pour peu qu'il y ait lieu à indulgence, votre instituteur vous sera conservé.

LE PÈRE BONSENS.

Tant mieux. Eh bien, notre élection étant terminée, êtes-vous calmes dans votre ville, aujourd'hui? Nous ne le sommes pas trop dans nos campagnes, des enragés cherchent toujours à les agiter; on sème de tous côtés des écrits diaboliques.

DUMONT.

Espérons que le gouvernement aura assez de force pour comprimer ces désordres.

LE PÈRE BONSENS.

Mais, toi qui es si savant, dis-moi donc nettement comment tout cela finira?

DUMONT.

Bon grand-père, de plus savants que moi ne pourraient vous le dire. Dieu seul le sait.

LE PÈRE BONSENS.

Enfin, crois-tu que cela tournera à bien?

DUMONT.

Mes espérances surpassent mes craintes; la cause du mal est bien connue, et les moyens d'y remédier sont entre nos mains. La France a déjà éprouvé de terribles secousses dans tout le cours de sa longue histoire; elle a résisté, parce que la masse des classes laborieuses trouvait dans la religion une résignation qui charmait ses travaux et les rendait légers. Alors aussi le plus grand nombre de ceux que la fortune avait favorisés affermissaient les travailleurs dans leurs croyances par leurs bons exemples, et secouraient de leur bourse ceux qui tombaient dans la pauvreté. La religion a vu déserter ses temples; la charité nous reste encore, mais quand la piété n'est plus le trait-d'union entre celui qui donne et celui qui reçoit, la charité elle-même ne fait qu'aigrir celui qui en est l'objet. Nous ne serons sauvés que par un retour aux principes religieux.

LE PÈRE BONSENS.

Comment se fait-il que tant d'hommes haut placés aient abandonné notre religion? Elle est si bonne! elle est si douce! elle est si belle!

DUMONT.

Bon grand-père, dans le dernier siècle, de hardis philosophes ont attaqué une à une toutes les vérités de la religion. Leur doctrine flattait l'orgueil et caressait les passions; les gens du monde l'ont adoptée; ils ont cru que leur faible raison suffisait à tout, et ils ont regardé comme des fables ce qu'elle ne pouvait pas expliquer. Dieu, qui nous a donné toute l'intelligence nécessaire pour le connaître et pour l'aimer, ne nous a pas doués, sur la terre, du sens que nous aurons dans les cieux pour le comprendre, et, par cela seul, ils ont rejeté sa loi.

LE PÈRE BONSENS.

Je te comprends bien, moi; ces gens-là ont fait comme un pauvre aveugle-né de nos environs, qui soutenait qu'on lui racontait des niaiseries et des bêtises quand on lui parlait des couleurs; il ne comprenait pas les effets de la vue, et ne voulait rien croire de ce qu'on lui en disait.

DUMONT.

Précisément; ils ont raisonné sur Dieu comme votre aveugle sur les couleurs. Ce fut là l'origine de tout ce qui nous alarme aujourd'hui. Ces hommes qui les premiers abandonnèrent la religion, dont quelques-uns même la tournaient en ridicule, étaient dans des positions au-dessus du besoin; il leur était facile de rester honnêtes selon les lois du monde, et ils disaient tranquillement : On peut être honnête homme sans religion ; mais ils n'ont pas vu qu'en faisant perdre la foi et surtout l'espérance d'une éternité de bonheur à tous ceux qui souffrent, et le nombre en est grand, ils se mettaient en face d'une population qui, n'attendant rien d'une autre vie, a voulu, avec fureur, jouir de tous les avantages possibles pendant qu'elle était sur la terre. Alors plusieurs de ces faux sages ont cherché à imaginer des systèmes pour faire que le travail ne fût plus le travail, que la peine ne fût plus la peine; du choc de tous ces systèmes résulte une confusion pire que celle de la tour de Babel; la société s'épouvante de ces résultats, et beaucoup d'incrédules reviennent aux pratiques de la religion.

LE PÈRE BONSENS.

Mais, mon ami, s'ils y reviennent par intérêt, ils seront des hypocrites, et c'est bien hideux l'hypocrisie.

DUMONT.

Non, grand-père, c'est franchement qu'ils se rattachent à la religion, qui, seule, peut faire le bonheur des peuples et maintenir la civilisation. Sans doute, beaucoup d'entre eux ne sont revenus qu'avec la pensée d'appeler la religion en aide à la politique, se souvenant du mot d'un des plus grands philosophes de l'antiquité : *Il serait plus aisé de bâtir et de soutenir une ville en l'air que de maintenir sous les lois d'un gouvernement soit républicain, soit monarchique, une masse d'hommes sans religion;* mais la direction de leurs idées étant ainsi changée, ils ont commencé par reconnaître qu'un culte, quel qu'il fût, était indispensable; puis ils ont étudié ce culte de leurs pères qu'ils avaient trop méprisé, ils l'ont admiré, et en sont devenus des disciples sincères.

LE PÈRE BONSENS.

Je voudrais bien que notre docteur pût se corriger comme eux; c'est le fléau de la religion dans nos contrées: il répète sans cesse à nos cultivateurs que la religion a été inventée par les prêtres et par les rois pour les brider, et qu'ils sont assez grands et assez forts pour casser la bride. J'aurais voulu que tu pusses causer un instant avec lui; il était ici il n'y a qu'un instant, mais il est parti en te voyant arriver. Que lui aurais-tu répondu s'il t'avait parlé de sa bride?

DUMONT.

Je lui aurais répondu que la religion n'a

été inventée ni par les prêtres ni par les rois; qu'elle vient de Dieu; que si c'est une bride, elle ne nous retient que lorsque nous voulons faire le mal; qu'elle n'est pas imposée seulement à nos cultivateurs, que nous en avons tous besoin pour nous diriger; et que, pour le bonheur des peuples, elle a souvent retenu les rois aux temps de leur puissance la plus absolue.

LE PÈRE BONSENS.

Il prétend que, pour peu qu'un homme soit instruit, il ne peut plus être chrétien. Est-ce que cela serait vrai, mon ami?

DUMONT.

Bon grand-père, rien n'est plus faux. Nous pouvons citer une multitude immense d'hommes éminents dans les sciences et dans les arts, dont la foi n'a pas été le moins du monde altérée, et que leurs vastes connaissances ont au contraire affermis dans leur piété; cependant la science humaine en a égaré beaucoup. Vous avez entendu parler du philosophe Montaigne : il disait avec un grand sens qu'une certaine ignorance *abécédaire* nous laisse bons chrétiens; que l'erreur s'engendre aisément dans les esprits de *moyenne capacité* qui, s'étant livrés à quelques études, regardent en pitié ce que croient simplement ceux qui n'ont pas étudié comme eux; mais que *les grands esprits, plus rassis et plus clairvoyants, qui, par longue et religieuse investigation, pénètrent une plus profonde et abstruse lumière ès écritures*, sont aussi de bons et excellents chrétiens. Il ajoute très-plaisamment que *les métis qui ont dédaigné le premier siége de l'ignorance des lettres et n'ont pu joindre l'autre, le cul entre deux selles, sont dangereux, ineptes, importuns, et troublent le monde* (1). Ce qui était vrai de son temps l'est encore plus aujourd'hui.

LE PÈRE BONSENS.

Ainsi, quand le docteur viendra me débiter ses fagots, je pourrai en toute sûreté lui répondre : Docteur, un cultivateur n'a pas le loisir d'étudier ces questions-là ; quand il est sage, il s'en tient à son catéchisme, parce que bien des gens plus savants que lui ont la conviction que c'est la vérité.

DUMONT.

Ce ne sont pas seulement les cultivateurs qui devraient répondre ainsi à ceux qui viennent leur faire des objections contre leur foi.

LE PÈRE BONSENS.

J'en donnerai le conseil à notre institu-

(1) *Essais de Montaigne*, liv. I, ch. 14.

teur; pourtant il fait profession d'honorer la religion, et affirme qu'il n'en veut qu'aux jésuites et au jésuitisme.

DUMONT.

Puisque vous le protégez, j'aime à supposer que c'est sans le vouloir; mais il obéit au mot d'ordre donné sur toute la ligne par ceux qui veulent anéantir la religion et n'osent pas encore l'attaquer en face.

LE PÈRE BONSENS.

Je le croirais volontiers, car ils appellent jésuites tous ceux qui vont à la messe ; mais ce mot *jésuite* a une terrible puissance en France. Notre docteur me disait hier qu'un représentant avait été nommé à Paris, seulement pour avoir proclamé qu'il aimerait mieux livrer la France aux Cosaques qu'aux jésuites, ce qui, par parenthèse, ne me paraît pas trop patriotique ; car, moi, c'est tout au plus si j'oserais dire que j'aimerais mieux livrer la France à l'étranger qu'aux bourreaux de 1793. Les jésuites étaient donc des gens bien affreux pour avoir attiré sur eux tant de haine?

DUMONT.

Bon grand-père, les jésuites forment un ordre auquel le christianisme doit ses plus fervents disciples ; ils ont rendu d'immenses services aux sciences, aux arts et à la propagation de la foi. Si quelques-uns de leurs auteurs ont émis des doctrines hasardées, ils ont été désavoués par l'ordre, ce qui n'a pas empêché de rejeter leurs fautes sur l'ordre entier.

LE PÈRE BONSENS.

Cependant tous les autres ordres ont eu quelques membres indignes, et je ne vois pas contre eux ce sentiment de répulsion qui existe dans les masses au seul nom de jésuite ; il faut qu'il y ait autre chose.

DUMONT.

Oui, jadis il y eut autre chose ; longtemps le général des jésuites fut Espagnol. Lorsque la puissance de Charles-Quint pesait sur toutes les frontières de la France, les Français, toujours si jaloux de leur indépendance, ne voyaient pas sans inquiétude un ordre influent dont ils supposaient tous les membres aveuglément dévoués à un chef sujet de Charles-Quint ; de là cette répulsion qui s'est propagée jusqu'à nos jours ; elle est sans cause raisonnable aujourd'hui, mais elle est exploitée et envenimée par tous les ennemis de la religion, qui, dès que le gouvernement propose une loi ayant une teinte religieuse, se livrent aux déclamations les plus furibondes pour persuader au peuple qu'on veut livrer la France aux jésuites.

LE PÈRE BONSENS.

D'où peut donc venir à tous ces gens-là leur rage contre la religion? quel mal leur fait-elle?

DUMONT.

Ils ont déclaré une guerre à mort à la civilisation; ils savent bien qu'un peuple chrétien restera toujours un peuple civilisé, on ne peut donc s'étonner de leurs efforts pour renverser ce qui fait obstacle à leurs projets; malheureusement, une impiété bien peu réfléchie leur a fait trouver des complices parmi des hommes ayant d'ailleurs une haine profonde pour leurs doctrines dévastatrices, et qui ne voyaient pas où on les conduisait; mais on commence à voir clair aujourd'hui.

LE PÈRE BONSENS.

Dieu t'entende. Ah! voici notre pauvre instituteur; parle-lui avec bienveillance pour le rassurer.

QUATRIÈME DIALOGUE.

L'INSTITUTEUR, DUMONT, LE PÈRE BONSENS.

L'INSTITUTEUR.

Monsieur, votre bon grand-père vous a sans doute fait connaître la position où je me trouve ; si vous avez la bonté de me tirer d'embarras, ma conduite sera telle que vous n'aurez pas à vous en repentir, et que personne ne vous reprochera l'appui que vous m'aurez prêté.

DUMONT.

Mon grand-père m'en donne la garantie, cela me suffit.

L'INSTITUTEUR.

Soyez bien sûr que, désormais, je veux

donner aux enfants qui me seront confiés l'exemple de toutes les vertus chrétiennes que je dois leur enseigner. Tant que je serai dans cette voie, je ne craindrai pas de tomber en faute.

DUMONT.

Cela est certain. Mais comment avez-vous pu vous laisser entraîner à ces idées de communisme ou de partage que l'on vous accuse d'avoir propagées?

L'INSTITUTEUR.

Je faisais, un jour, la classe d'histoire ancienne pour les grands, en présence de notre docteur. Nous en étions aux institutions de Lycurgue, et les enfants répétaient ce qui se trouvait avec éloge dans notre livre, que, pour maintenir l'égalité entre les citoyens, Lycurgue avait partagé tout le territoire de la république lacédémonienne en 59,000 portions, 9,000 pour les chefs de famille de Sparte, la capitale, et 50,000 pour les chefs de famille du reste du pays. La leçon finie, Eh bien, me dit le docteur, on nous traite de fous, qui rêvons des choses impossibles ; vous voyez cependant que voilà un peuple, et un peuple illustre, qui a mis en pratique les idées que nous avons. Je lui objectai bien que la république de Sparte n'était pas beaucoup plus grande qu'un de nos départements, et que ce qui avait été possible dans un si petit État ne le serait guère dans un pays comme la France. Mais, on ferait le partage par département, répondait-il, et tous ces départements seraient fédérés.

DUMONT.

Je plaindrais le département de la Seine ; mais, avec cette fédération, il n'y aurait plus de France.

L'INSTITUTEUR.

Cela n'embarrasse pas beaucoup notre docteur. Périsse la France plutôt qu'un principe ! dit-il souvent; d'ailleurs, dans son système, il n'y aurait bientôt plus de France, ni d'Allemagne, ni d'Angleterre : il n'y aurait plus que des hommes rendus tous heureux par une institution semblable à celle de Lycurgue.

DUMONT.

Qu'il commence donc par se mettre au régime du brouet noir; c'était la nourriture de Sparte. Mais encore, pour se le procurer, il faudrait labourer les terres, et à qui en imposerait-on la peine?

L'INSTITUTEUR.

Chacun cultiverait sa part; seulement, comme il y aurait toujours quelques autorités nommées par le peuple pour gouverner, on s'arrangerait dans le peuple, afin de cultiver tour à tour la part des autorités.

DUMONT.

Prenez garde, ce ne sont pas seulement les autorités dont il faudrait labourer les terres. Je ne vous parlerai pas de ceux qui se livrent à l'étude des sciences ou à la culture des arts; car, dans une société comme la fait votre docteur, il n'y aurait plus ni sciences ni arts, ce qui serait un beau progrès; mais, enfin, on aurait besoin de vêtements, de chaussures, de bâtiments d'habitation; jusqu'à ce que vous ayez soumis le monde entier à vos lois, il vous faudrait des armées; votre docteur conviendrait même que l'on aurait encore besoin de médecins: voyez quel nombre enlevé à cette agriculture à laquelle chacun devrait pourtant se livrer, puisque chacun n'aurait que sa petite part.

L'INSTITUTEUR.

Je partage moins que jamais les idées du docteur; cependant tout cela s'arrangeait à Sparte.

DUMONT.

Oui, cela s'arrangeait; mais c'est qu'il y avait à Sparte une chose que vous avez complétement oubliée dans votre admiration pour les institutions de cette république: c'est l'ESCLAVAGE! Au-dessous de ces 59,000 chefs de famille entre lesquels on avait partagé les terres du pays et celles conquises sur les peuples voisins, il y avait cent mille familles d'ilotes, esclaves enlevés à Hélos et en Messénie, sur lesquels retombaient tous les travaux. Comparez de telles institutions avec celles de notre belle patrie; proportion gardée, il y a en France moins de prolétaires, c'est-à-dire d'hommes ne possédant absolument rien, qu'il n'y avait d'ilotes à Sparte : ainsi, sous ce rapport même, il y a plus d'égalité ; mais, quelle différence entre le sort du prolétaire et celui de l'ilote ! Le prolétaire français est libre, il travaille, mais pour un prix qu'il reçoit ; il peut devenir propriétaire à son tour et transmettre ses biens à sa famille ; si sa vieillesse reste pauvre, la France est couverte d'établissements de charité qui viendront à son secours. L'ilote ne s'appartenait pas, il était la chose de son maître, il lui appartenait comme les bœufs de nos cultivateurs leur appartiennent, et le malheureux, en mourant, ne laissait pour héritage à ses enfants que les fers qui avaient si lourdement pesé sur lui.

Oh ! n'envions pas les institutions de Sparte ! nous avons les plus belles que l'on puisse avoir sur la terre, sur cette terre où nous ne sommes qu'en passant. Tous nous sommes libres et ne devons obéissance qu'à la loi, qui protége et garantit les droits de tous. L'égalité absolue est une chimère ; nous avons la seule égalité possible, nous sommes tous égaux devant la loi comme devant Dieu. Quant à la fraternité, ce ne pourra jamais être un droit, ce sera toujours une vertu, et notre religion nous commande de la pratiquer.

Voilà nos institutions fondamentales ; c'est sur elles que repose notre admirable civilisation ; elles sont assises sur une triple base : la religion, la famille, la propriété. La république, se substituant à la monarchie, n'y peut rien changer, et les insensés qui veulent y porter la main, sont les plus cruels et les plus dangereux ennemis de cette république dont ils se proclament les seuls soutiens.

L'INSTITUTEUR.

Il y a pourtant des hommes qui rêvent de bonne foi un meilleur ordre de choses, et qui croient pouvoir y arriver en respectant et en faisant respecter la religion, la famille et la propriété.

DUMONT.

Monsieur l'instituteur, je croirai, non pas à l'efficacité de leurs systèmes, mais du moins à leur bonne foi, le jour où je les verrai congédier l'épouvantable armée de repris de justice, de vagabonds, d'hommes perdus de dettes et de débauche qu'ils conservent sous leurs étendards, qui figurent au premier rang dans toutes les émeutes, et sans lesquels les hommes honnêtes qu'ils ont égarés ne formeraient qu'une imperceptible minorité; jusque-là, ils me forceront de croire que, dévorés de la plus ardente ambition, tout ce qu'ils veulent c'est dominer, fût-ce sur les ruines de notre patrie.

LE PÈRE BONSENS.

Oh, mon cher fils, que la France serait

heureuse si dans toutes les villes il y avait un homme comme toi!

DUMONT.

Il y en a plus d'un, bon grand-père; mais la France serait bien plus sûrement heureuse si, dans chacun de nos villages, il y avait un homme doué de la droiture de cœur et de la rectitude d'esprit que l'on a toujours admirées en vous.

R.F.

FIN.

www.ingramcontent.com/pod-product-compliance
Ingram Content Group UK Ltd.
Pitfield, Milton Keynes, MK11 3LW, UK
UKHW020401230726
13925UKWH00003B/1215

9 782014 069402